GSELLA · HURZLMEIER

Festgedichte & Festzeichnungen

THOMAS GSELLA

Festgedichte

KLING GLÖCKCHEN KLINGELING

Mit Festzeichnungen
von
RUDI HURZLMEIER

HAFFMANS VERLAG
BEI ZWEITAUSENDEINS

Originalausgabe

1. Auflage, Oktober 2018

Karl-Tauchnitz-Straße 6, 04107 Leipzig, Deutschland

Umschlagvignette von Rudi Hurzlmeier.
Gestaltung, Satz & Produktion von Urs Jakob,
Werkstatt im Grünen Winkel in Winterthur, Schweiz.
Lithos: Fotosatz Amann, Memmingen.
Druck & Bindung: Kösel, Altusried-Krugzell.

Dieses Buch gibt es nur bei Zweitausendeins.

ISBN 978-3-96318-025-5

WIE ENTSTEHT EIN FESTGEDICHT?

Metrik. Ohne geht es nicht.
Reim. Der braucht ein Schema.
Fertig ist das Festgedicht?
Nein, es braucht ein Thema.

Trott und Alltag fallen aus.
Albernes, Banales
Und Profanes: gleichfalls raus.
Besser passt Sakrales:

Heiland, der geboren wird,
Jungfrau kömmet nieder,
Liedgut, das in Ohren klirrt
Alle Jahre wieder,

Mutter packt Geschenke aus,
Kinderaugen leuchten,
Vater trinkt Getränke aus,
Um sich zu befeuchten,

Einmal werden wir noch wach.
Ende des Gebetes:
Heißa, dann ist Weihnachtstach. –
Etwa so entsteht es.

I WARMMACHEN

AM 24. JUNI: WEIHNACHTSBERGFEST

Man gibt nicht gern den Gipfel her,
Den man im Flug genommen.
Doch war der Aufstieg felsenschwer,
Dann will man runterkommen.

So geht es heut im Sauseschritt
Ins Tal der frommen Lieder.
Denn heut ist Halbzeit, Bergfest, Schnitt.
Bald kommt – das Christkind wieder!

Stand gestern noch in Sommers Glut
Der Mensch von Kiel bis Mailand,
Steht heute schon im Winterhut
Ein »Touri« namens Heiland!

Und weil die Zukunft strahlt hinein
Ins Jetzt, da ich dies schreibe,
Saust plötzlich Hagel querfeldein
Um meine Windschutzscheibe –

Zum Bergfesttage wintert's schon!
So will uns Gott ermahnen:
»Ruckzuck kommt nun mein Gottessohn.
Ab heute bitte planen.«

EIN FALSCHER HUND

Frommer Hauch zieht wie in sommerleichten
Winden um die Welt und streut sich hin.
Und aus einer lang schon unerreichten
Seele dringt ein leises »Herr, ich bin«
Wie verglühter Sterne fernes Raunen,
Wie ein Lächeln, das von Früher weht.
Und in großem froh erregten Staunen
Kniet sich eine Seele zum Gebet:

»Herr, ich bin dein Gott und all dein Leben.
Siehe, denn ich sprach: Es werde Licht.«

Hört's und denkt der Dichter: Gut gegeben,
Aber in den Himmel kommt die nicht!

NOVEMBER

Er ist zu kalt, er ist zu nass
Und wird sekündlich nasser.
Die Liebe friert. Hoch lebt der Hass.
In Seelen steht das Wasser.

Der Morgen legt Ganztagesgrau
Auf Freude und Gelächter.
Am Abend sagt die Tagesschau:
»Das Wetter wird noch schlechter.«

Die Blicke leer, die Lage schlimm:
So höllisch ist November.
Jedoch wie himmlisch ist er im
Vergleich mit dem Dezember!

ALLERHEILIGEN

Wenn novembergraue Schatten
Das Oktobergold verdunkeln;
Wenn die Tage früh ermatten
Und vom dunklen Winter munkeln,
Weil die Lüfte kühler werden
Und der Mensch in Mänteln geht;
Wenn es fröstelt auf der Erden
Und der Sinn nach Wärme steht,
Treten sie mit warmen Herzen
Aus dem Haus und tragen Kerzen,
Um sich zu beteiligen
Am Feste »Allerheiligen«:

Gatten schieben bessre Hälften
Samt der Oma und der Kinder
Drum auch heut', am ersten Elften,
Vor sich her und zeigen Binder,
Während Frauen sich mit roten
Rosen und tanngrünen Kränzen
Prächtig schmücken, um den Toten
Ihr Gedenken zu kredenzen.

Kinder unter Wollstrumpfhosen
Jucken sich und sind verdrossen:
Nirgends gibt es Coladosen,
Alle Buden sind geschlossen,
Jedes Toben ist verboten
Und sogar das Kinderlachen,
Denn es solln die lieben Toten
Lieber schlafen als erwachen.

So tun wenigstens die Kleinen,
Wie gewünscht, ein wenig weinen.

Ähnlich halten es die Väter,
Die mit gleichfalls feuchten Augen
Knappe zweidrei Stunden später
In der Kneipe stehn und saugen:
Erst zwei Kurze, dann noch viere
Fließen durch geübte Kehlen.
Und danach gedenken Biere
Aller einst so nahen Seelen,
Die, bevor sie von uns gingen
Und die Ewigkeit betraten,
Mit uns in der Kneipe hingen,
Um aufs fünfte Bier zu warten.

Doch wo stecken ihre Frauen?
Ach, man sieht sie überm Herde
Schnitzel in die Pfanne hauen,
Wissend, dass es Morgen werde,
Bis ihr Mann, der recht gern feiert,
Kugelbreit nach Hause eiert.

DER VORLAUTE SOHN

Papa?
Ja, mein Kind?

Wenn ich täglich zehn Mal bete,
Dass ihr Hipp und auch Alete
Nicht mehr länger in mich steckt;

Wenn mir trotzdem stets im Mund ist,
Was laut euch extrem gesund ist
Und extrem zum Speien schmeckt:

Wollt ihr mir denn allen Glauben
An die Kraft des Betens rauben?

Maul auf!

DER VERLORENE SOHN

Papa?
Ja, mein Kind?

Wenn da keines Christus Sein ist
Und der Mensch nur Staub und Stein ist
Einer christuslosen Nacht;

Wenn mich so der Christen Glauben,
Der an Christus, leise schnauben
Wie auch lauthals lachen macht,

Wissend, dass kein Christus ist:
Papa, bin ich Christ?

Frag' besser Mutti.

BALLADE VOM FROMMEN SÄNGERKNABEN

Ein Selbstportrait

Wie ein Engel singt er in den jungen
Reinen Jahren, denn sein Geist ist frei.
Nie ein Menschenkind hat so gesungen.
Doch die Stimme bricht auch ihm entzwei.

Und mit ihr zerbricht sein Gottesglauben
Wie ein Glas, das aus den Händen fällt.
Ach, dem armen Sängerknaben rauben
Die Hormone eine ganze Welt.

Plötzlich kann er nicht mehr artig singen
Von dem Schöpfer, der sein Vater ist.
Plötzlich muss er mit der Wollust ringen,
Und bald weiß er, was ein Kater ist.

Gestern noch hob betend er die Hände
Zu dem Lied »O heller Weihnachtsstern!«.
Heute greift ein Weib in seine Lende,
Und dann sehen sie gemeinsam fern.

Und dann zappt er durch die Sportprogramme,
Und er betet: um das nächste Tor.
Sie vergöttert Willis und van Damme.
Nur der liebe Gott kommt nicht mehr vor. –

Aber manchmal fällt er aus den Dingen
In die Zeit, da er ein Engel war.
Und im Bad ertönt sein reines Singen:
»Yeah! O sole mio, tralala!« ♫

DER VERLORENE VATER

Da ist kein Gott. Denn wäre er,
Ich ließ' ihn bei mir putzen:
»Schlimm sieht's hier aus! Los, kehre Er!«
So würd' ich Gott benutzen.

Da ist kein Gott. Denn eins ist klar:
Es gäb' auch viel zu saugen.
Ein Glänzen dort, wo's flusig war:
So würde Gott was taugen.

Da ist kein Gott. Denn wär' er doch,
Er wollte so nicht leben:
»Mit dir, mein Sohn? In diesem Loch?« –
Drum kann es Gott nicht geben.

ABER JESUS LEBT!

Ja, gäb' es Fußball nicht und Frauen
Auch gleichfalls nicht, und wüsste Bier
Kein Mensch auf rechte Art zu brauen:
Man wäre wohl nicht gerne hier,
Nicht gerne irdisch. Höllenjammer
Umwehte uns und schlimmstes Grauen.

Doch gibt's – im Grunde voll der Hammer –
Auf Erden Fußball! Bier! Und Frauen!
Und dies beweist (ich komm' zum Schluss),
Dass Jesus existieren muss.

DREI THESEN

Wenn die Götter Götter spielen;
Wenn die Fans in schaurig süßen
Schauern Richtung Himmel schielen:
Dann gibt's wohl Elfmeterschießen.

Wenn die Götter teuflisch lachen;
Wenn die Fans die Augen schließen
Und sich in die Hose machen:
Dann ist wohl Elfmeterschießen.

Wenn die Ärsche sich dann trollen;
Wenn hier Freudentränen fließen
Und dort Menschen sterben wollen:
Dann war wohl Elfmeterschießen.

DIE KLUGE TOCHTER

Papa?
Ja, mein Kind?

Wenn ihr auf Beerdigungen,
Kaum ist die Musik erklungen,
Tränenreich weint just um die,

Die ihr lebend kaum gesehen;
Wenn ihr bebt in Herzenswehen:
Weint ihr dann wahrhaft um sie?

Oder ist der Quell der Beben
Nicht ihr Tod, nein: euer Leben?

Taschentuch!

DER PROPHET

Ins dunkle Reich fährt er hinab,
Den Menschen all zum Wohle,
Und schlägt vom finstren Erdengrab
Briketts und Eierkohle,

Derweil sein altes Lied ertönt
In immerschwarzen Fluren:
»Die Schuh' gewichst, das Haar geföhnt,
So gehn wir zu den Huren!«

Am Abend hört er auf und dreht
Sich Tüten und so weiter.
Moment mal: Tüten? Der – Prophet?
Pardon: der Bergarbeiter!

DER PRIESTER

Er phantasiert von einem »Gott«
Als »Schöpfer« der Gestirne.
So zart er spricht, so hart der Spott
Der aufgeklärten Hirne.

Sie lachen Hohn und triezen ihn:
»Du Tropf im schwarzen Zwirne!«
Die Neunmalfalschen siezen ihn:
»Gott segne Ihre Birne!«

Sie mobben ihn so laut wie dumpf:
»Wolln S' ewig Kleinkind bleiben,
Neurotiker? Sie Narr? Sie Schlumpf?«
Man mag's kaum niederschreiben.

GOTT AUF KORFU

Sein Eis war kalt, die Sonne heiß.
Was mag euch dieses lehren?
Dass er ums Wesen aller weiß:
Er schleckte, als sie schien, sehr leis
Und wissend dies sein kaltes Eis –
Drum kniet, ihn zu verehren!

Dann stand ein guter Gin am Strand.
Was mag euch dies beweisen?
Dass der nicht schlecht war, der dort stand.
Er nahm das Zeug aus ihm, dem Sand,
Und kippte es im Hinterland –
Drum kniet, ihn zu lobpreisen!

Der Gin war leer. Voll in mir drin.
Was mag euch dies bedeuten?
Dass ICH der Wisser, Richter bin,
Bedichter und Vernichter bin
Von Eis und Sonne, Strand und Gin –
Nun lasst die Glocken läuten!

BEI REIMDICHTERS DAHEIM

Mutti?
Ja, mein Kind?

Gott, sagst du, hat uns erschaffen
Und das All, die Zeit, den Raum.
Gott, sagst du, nahm Menschenaffen
Aus dem Menschenaffenbaum,

Um sie unten abzustellen.
Auf der Erde.
Gott, sagst du,
Schuf aus sieben Monozellen…
Bitte? Was?
… die Mutterkuh.

Gut, das war dem Reim geschuldet;
Selig, wer aufs Schema sieht!
Gut, wer Häme nicht erduldet.
Selig, wer an Ohren zieht!

Also los, reim' religiöser!
Autsch! Das petz' ich dem Erlöser.

NEULICH IN KABUL

Papa?
Ja, mein Kind?

Wenn in Antiterrorkriegen
Streubomben durch Menschen fliegen,
Die nicht älter sind als ich;

Wenn dann deren Mütter, Väter
Stunden, Tage, Wochen später
Irr vor Schmerz und außer sich

Wiederum die Falschen sprengen –
Mag so was zusammenhängen?

Die Falschen?! Allahu akbar!

DER ISLAMIST

Er wähnt sich weltweit obenauf
In puncto Sex und Düfte:
Er schafft sich einen Vollbart drauf
Und sprengt sich in die Lüfte.

Er glaubt, je doller, desto mehr
Jungfrauen harren seiner.
Doch winzig ist der Araber,
Sein Schniedel nochmals kleiner.

Effekt: Die Damen wolln ihn nicht;
Von Jungfraun nicht zu reden.
Die sind seit je weltweit erpicht
Auf Schwarze. Oder Schweden!

DER TEUFEL

Einst kam ein Teufelsjunge auf die Welt,
Der hielt die pure Bosheit in den Händen.
Mal hätte er ums Haar was angestellt,
Und jeder fragte: Wo soll das noch enden?

Im Kindergarten ward das Teufelskind
Gefürchtet ob der Bosheit seiner Taten:
Still lauschte es dem blauen Frühlingswind,
So teuflisch war's – sogar im Kindergarten!

Der Teufel kam zur Schule – gottogott.
Nun war die Bosheit nicht mehr zu beschreiben.
Verschüchtert aß er Äpfel als Kompott
Und hatte böse Angst vorm Sitzenbleiben.

Dann wurd's noch böser: Universität!
Ein Teufel war er, doch mit Menschengenen.
Zu manchem Seminar kam er zu spät,
Las Eichendorff und weinte böse Tränen.

Der Teufel wurde später Journalist
Und unter groben Bösen ein galanter.
Er litt wie einer, der halt böse ist,
Und kündigte und wurde unbekannter.

Im Alter nahm die Bosheit nur noch zu:
Er liebte nur noch Freunde, Frau und Kinder.
Dann, endlich, ging er hin. Befreit liest du
Auf seinem Grab:
»Hier ruht ein Menschenschinder«.

SOLL UND MUSS

Ich las die Bibel, den Koran,
Ich las auch Buddhas Schriften.
Doch sah ich auch so manchen Mann
Und manche Frau, die simultan
Blau in die Hecke schifften.

MUTMASSUNGEN ZUR HOMOEHE

Mutter, Kind und wieder – Mutter?
Zwischen Vätern zwei ein Kind?
Jetzt wir sehn, wie sehr seit Luther
Wir vom Weg geraten sind,

Gittigitt! Und keine Ruh' lässt
Mir die Angst, ich sag's pro domo:
Ist ein Gott, der so was zulässt,
Nicht auch seinerseits - stockho …?

DER NIKOLAUS

Hurra, gleich kommt der Nikolaus –
O märchenbunte Aura!
Wie glücklich sehn die Kinder aus!
Sie heißen Tim und Laura.

Jetzt klingelt es! Hurra, wie toll!
Wir haben ihm geschrieben,
Wie er die beiden loben soll:
Wir kennen unsre Lieben.

Er spricht. Und schmeißt sie durcheinand',
Die Namen, Zahlen, Daten.
Das Briefing scheint ihm unbekannt.
Er spricht von bösen Taten.

O Nikolaus, o süßer Brauch.
O Todesangst der Kleinen.
Das Glück ist weg, die Kohle auch.
Die Frau fängt an zu weinen.

II RENNEN & ZIELEINLAUF

ZUM ERSTEN ADVENT

Das erste Lichtlein, hei, nun brennt's!
Ein Flämmchen hüpft im Freudentanz.
Der Kranz drumrum heißt vorn Azvenz,
Im ganzen also: Az-venz-Kranz.

Die Mutter hat ihn angeschleppt.
Der Sohn (bald 14): »Brauch ich nich'!«
Worauf sie mit den Füßen steppt:
»Ich mach das alles wegen dich!«

Dann singt sie los: »Macht hoch die Tür!«
Der Sohn kriecht in sein Handyphone,
Dann schnarcht er wie ein Murmeltier.

Die Mutter ruft: »Wach auf, mein Sohn!
Macht hoch die Tür! Das Tor macht weit!«
So singt sie froh und munter.

Der Sohn schreckt hoch: »Oh, wie sie schreit!«,
Dann schreckt er wieder runter.
Er ist der Weihnacht eingedenk
Und hört schon ihre Harfen.
Er weiß: Er muss bis zum Geschenk
Noch dreißig Mal tief schlafen.

ZUM ZWEITEN ADVENT

Advent, Advent, ein Lichtlein brennt,
Erst eins, dann zwei – was sehen wir?
Die Oma ist gekommen.
Der Vater hat nach einem Bier
Noch andere genommen.
Ist einer voll, sind viele leer,
Dann läuft der Weinbrand hinterher.
Nur Geist belebt den Frommen.

Derweil im Ofen golden schmort
Der fette Sonntagsbraten,
Berichtet Oma heilumflort
Von Jesu Wundertaten:
»Das haut den schwersten Bauern um,
Wie leicht er Lahme sehen ließ
Und Blinde wieder gehen ließ …«
Der Vater (rülpsend): »Andersrum!«

Der Sohn ist wieder eingepennt.
Die Mutter liest die Zeitung vor:
»Der zweite Sonntag des Advent
Erinnert uns an Christi …«

»Tooor!«
Der Vater hebt ein kleines Glas.
Die Mutter: »Christi Wiederkehr.«
Der Vater: »Drei zu null. Das war's!«
Die Mutter denkt: Ich will nicht mehr.

»Drei Wochen noch…«, die Oma spricht
Wie raum- und zeitverloren,
»… Dann wird uns unterm Himmelslicht
Der Menschensohn geboren.«

»D-Der Menschen – was?!«

Die Mutter stumm:
Wie ist der Mann missraten!
Der Sohn treibt sich im Handy rum,
Dann mampfen sie den Braten.

WEIHNACHTSBESUCH DER BLÖDEN TANTE

Kinder, mögt ihr Tante leiden,
Sollt ihr dieses Spiel vermeiden.
Geht sie freilich auf den Sack:
Vorhang auf zum Schabernack!

Ei, wer prangt da vollbeladen
Und auf schinkenschweren Waden
Vor der Tür und will hinein?
Das wird Tante Scheusal sein,
Denn die Irre, nie entmündigt,
Ist für heute angekündigt,

Um erneut als schlimmste Plage
Für die nächsten vierzehn Tage
Bei euch einzuziehn. Jedoch:
Kinder, fort mit diesem Joch!

Öffnet diesem Pestgeschwüre
Wohlerzogen Tor und Türe
(»Na, dann flugs hereinmarschiert,
Dass uns flugs speiübel wird!«),
Führt sie dann so brav wie immer
Ins gemachte Gästezimmer.
Lüget säuselnd, Paps und Ma
Sei'n in fünf Minuten da,
Weil nur kurz zum Shoppingzwecke
Zu dem Kiosk um die Ecke
(Beide habt ihr unverdrossen
Tief im Keller eingeschlossen),
Und nun singet, ach ihr Schufte:
»Schiebe dich hinweg! Verdufte!
Liebe Tante! Hör' die Lieder!
Gehe fort und komm' nie wieder!
Denn vernehme: Dieses Haus,
Es ist unser Haus! Hinaus!« –

So etwas, ihr Kinderlein,
Tut man nicht. Man lässt es sein.

GLÜHWEIN

Auf frommen Märkten pfeifen ihn
Seit neustem literweise
Mit Amaretto, Rum und Gin
Die Jungen und die Greise.

Die neuen Tassen: eimerschwer.
Der neue »Schuss«: ’ne Bombe.
Das Hirn mutiert zum Wattenmeer,
Der Bauch zur Katakombe.

Am Ende sind die Körper schwach
Und finden, ach, kein Ende:
Sie eiern durch die Reihen, ach,
Und reihern in die Stände.

DER FRECHE SOHN

Papa?
Ja, mein Kind?

Wenn Gottsohn und -vater wüssten,
Dass ihr vor dem Fest der Christen
Sturblöd durch die Citys taumelt;

Wenn die beiden euch erspähten,
Während ihr gleich aufgedrehten
Äffchen an Präsenten baumelt,

Die kein Schwein braucht weit und breit:
Winkte euch die Ewigkeit?

Wasis?

ZUM DRITTEN ADVENT

Advent, Advent, ein Lichtlein brennt,
Erst eins, dann zwei, dann drei – und Schluss.
Der Vater leert das vierte Bier,
Die Ente schwimmt an Rotkohlmousse,
Da klingelt's an der Wohnungstür.
Der Sohn beißt in die Ente:
»Hurrra, da konk ker Heinachsann
Un brink uns schie Präschente.«

»Das ist die Oma. Mach schon auf!«
Grau hocken sie ums Futter.
Die Ente rein, Mousse obendrauf,
Und pappsatt schreit die Mutter:
»Gleich nach dem Kaffee gehen wir
Spaziern!« Man hört's gluckglucken.
Der Vater leert das sechste Bier:
»Von wegen! Fernsehgucken!
Der Terminator läuft auf Sat!
Stirb langsam III auf Kabel!
Der Jäger des verlornen Schat ...«

Der Sohn verbiegt die Gabel:
»Das ist mit ... «, schreit er hochbeglückt,
»... Mit In-diana ... Joh ... nes!«
Die Mutter lächelt wie entzückt
Vom Englisch ihres Sohnes.

So sitzen sie vorm Film herum.
Die Oma hat kein' Schimmer.
Die Oma geht, der Tag geht um,
Stumm geht der Sohn aufs Zimmer.

MEIN GEIST, MEIN FLEISCH, MEIN TANNENBAUM

Wahrscheinlich gibt es keinen Gott. Wahrscheinlich
Hat ihn der Mensch gemacht aus Angst und Not.
So also ist mein Geist zur Zeit im Lot,
Allein mein Fleisch ist mir zur Zeit recht peinlich.

Sein Auge wählte gestern eine Tanne,
Und seine Hände zahlten ihren Preis.
Dann trugen seine Arme diesen Scheiß
In unser Haus. So haut's mich in die Pfanne.

Bald hält sein Mund gar eine wirre Predigt:
»Gleich kommt das liebe Christkind … psst … ich hör's!«
Die Zunge meines Fleisches lügt. Ich schwör's:
Bescherung wird von meiner Frau erledigt.

Und auf ihr Zeichen rennen wir ins Zimmer.
Die Beine meines Fleisches rennen mit.
So hält mein Fleisch mit unsern Kindern Schritt,
Und sind wir da, benimmt es sich noch schlimmer.

Dann ist ihm wahrhaft alles recht und billig.
Es steht und schaut, gerührt als wie ein Tropf.
Und eine Träne fällt aus seinem Kopf.
Ein Geist wird schwach, ist Fleisch erst derart willig.

O DU WEIHNACHTSZEIT!

Seht die Großen, die da wie die Kleinen
Traumumspült und weichen Herzens sind.
Seht die Städte all so zaubrisch scheinen:
Lichtertanz in frühem Winterwind.

Seht die Väter, die sich steinern wähnten,
Kindlich in den Karussells erblühn.
Seht die Mütter, die mit glücksumtränten
Augen staunend durch die City ziehn.

Aber seht die Schlechten: die in Tischen
Hirnlos wühlen, unwissend, verlorn.
Schlichter Abgreif dumpfer dummer Ischen
Mit rotgroßen Klunkern an den Ohrn.

Aber seht die Guten: wie sie raufen
An den Büchertischen, todsbereit,
Um die weißgott besten und sie kaufen:
Meine, Gsellas. O du Weihnachtszeit!

EINES GROSSEN SCHWEREN SÜNDERS KLEINE SEICHTE WEIHNACHTSBEICHTE

So viele Jahre ängstlich still.
Nun sag ich, was ich tue,
Wenn ich zur Weihnacht schlafen will:
Ich lege mich zur Ruhe.

So viele Jahre wie ein Grab.
Nun sei's nicht mehr verschwiegen:
Wenn ich genug geschlafen hab,
Dann mag ich nicht mehr liegen.

Und schwimmt der Tag zum Abend hin
Und ist der Mond sein Hafen,
Dann geh ich, wenn ich schläfrig bin,
(Vergleiche oben) schlafen.

Sie sagen nun vielleicht: Aha,
Soso, hm, ach, tatsächlich?
Ich sage ganz bestimmt: O ja.
Mein Wort ist unbestechlich!

Drum hört, ihr Leut': Bei scharfer Wurst
Wie etwa Pfefferschinken
Bekomme ich zum Festmahl Durst
Und möchte etwas trinken.

Heraus auch dies: Ein kleiner Schluck
Ist quälend mehr denn labend.
Auf wahren Durst folgt gluckgluckgluck
Und auf den Tag der Abend.

Heraus, heraus! Ich muss dann schier –
Wahrhaft, heut sollt ihr's wissen!:
Nach einem Tageskästlein Bier
Wahrhaft schier endlos pissen.

Wohlan! Heut wird Kehraus gemacht,
Und sollt' ich Goethe heißen –
Ich muss in dieser frommen Nacht
Wie ein Berserker scheißen.

Herau... Genug! Ein Letztes noch
(Wer kleckert, mag auch klotzen):
Tags muss ich aus dem zweiten Loch
Wie ein Berserker kotzen.

Adieu! – Denn nun ist höchste Zeit,
Die Sünde auszutricksen:
Mein Pulver gegen Übelkeit
Heißt Wichsen, Wichsen, Wichsen ... –

All ist's heraus. Matt schlüpft der Tag
In pusche Abendschuhe.
Und wenn ich wieder schlafen mag,
Dann leg ich mich zur Ruhe.

ZUR AKTUALITÄT WOLFGANG BORCHERTS

Advent, Advent
Der Globus brennt
Erst einer, dann zwei
Dann drei, dann vier
Dann steht das Christkind
Draußen vor der Tür – …

SO GROSS IST GOTT

So groß: dass er in allem Wehn
Der Lüfte lebt und allem Moos,
In Blumen, die ihm zuerblühn
Und dankend sagen: Du bist groß.

So groß: Verborgen uns, den Blinden,
Und doch so groß, urerster Wind,
Ist er der Vater, den wir finden
Im Spiel, in dem wir Kinder sind.

So groß: Den könnt man glatt halbiern,
Der wär noch immer groß wien Haus.
Mir sieht, ich lass mich korrigiern,
Der Typ verschärft nach Schöpfer aus.

ZUM VIERTEN ADVENT

Advent, Advent, ein Vater zischt
Erst eins, dann zwei, dann drei, dann vier,
Dann sieben Bier und ruft erfrischt:
»Hinaus! Zum Glühweintrinkturnier!«

O Weihnachtsmarkt, o holder Schein!
O Freude! O das Lachen.
O viele kleine Kinderlein.
O Echtholzbastelsachen.

O Kerzen, ei. O Sinnenglück.
O lieblich schöne Kerzen.
O lang und kurz und dünn und dick,
O Freude in den Herzen.
O Wachs und Duft, o Dings, o Zimt,
O alles, o wie heiter.

O Stimmung, die gefangennimmt,
O Glühwein, du Begleiter.
Mit Rum und Amaretto aah,
O heiligfrohes Schlotzen.
Die Oma singet: »Alle Jah…«,
Der Sohn geht glühweinkotzen.

Zu Hause läuft der Glühwein rein
In Sohn und Oma, Frau und Mann.
Sie kucken o den Kerzenschein,
Dann gehet o die Sportschau an.

Die Mutter denkt: Ich will hier raus,
Der Vater schreit, still ruht das Haus,
Die Oma wirkt benommen.

Der Sohn denkt froh: Bald zieh ich aus,
Die Katze wärmt die kranke Maus –
Nun mag das Christkind kommen.

III AUF DEM TREPPCHEN

DIE WEIHNACHT

Nicht ist die Weihnacht, wie die Menschen glauben,
Stillfromme Nacht, da uns ein Kindelein
Geboren ward im frohen Kerzenschein,
Derweil Schaf, Ochs und Esel grunzend schnauben.

Die Weihnacht ist wie eine Knoblauchzehe,
Die lange liegt und dann ins Essen springt
So wie ein Tiger: plötzlich. Und schon stinkt
Der schöne Eintopf wie der Schweiß der Rehe,

Die vor den Orcas fliehen und den Schlangen
In jenes Dickicht, da der Grizzlybär
»Wer jetzt kein Haus hat, der baut keines mehr«
Versonnen spricht zum Klang der Bambusstangen,

Die ihm die wilden Winde annoncieren,
Kling klingeling. Frau Merkel würgt den Luchs.
Am rechten Bildrand koksen Floh und Fuchs.
So ist die Weihnacht: schwer zu illustrieren!

DIE MISSRATENE TOCHTER

Papa?
Ja, mein Kind?

Wenn ihr beide niemals betet,
Keinen Beichtstuhl je betretet
Und nicht glaubt, dass Gott euch hört,

Wenn ihr seinen Sohn verlacht und
Witze über Christen macht und
Ruft, wer glaubt, der sei gestört –

Warum kriegt, in aller Welt,
Ihr zwei eingtlich Weihnachtsgeld?

Ob die das aus diesen Pixiebüchern…?

NACHGEFRAGT, NACHGEHAKT

Ja liegt allein im Reibach denn
Der ganze Sinn von Weihnachdenn?!!

EIN GESCHÖNTES JUGENDBILD

»Heut' ist Gottes Sohn geboren«,
Tirilierten irre Christen –
Während wir mit roten Ohren
Gegen Tannenbäume pissten;

Lächerlich, wie unsre Alten
Sich in feine Stöffchen lullten –
Während wir mit schrumplig kalten
Schwänzen in den Schneemann strullten;

Schwerbigott, wie Tanten starben,
Wenn sie Kirchenliedchen fiepsten –
Und wir uns die Kante gaben,
Arsch an Arsch mit unsrer Liebsten;

Nicht zu raffen, wie die Schatten
Nebulös zu Kreuze krochen –
Während wir auf Isomatten
An der ersten Freundin rochen;

Wie da frömmelnd bleiche Hüllen
Mäuschenklein gen Himmel stierten –
Während wir bei Stones und Dylan
Unsre Körper ausprobierten
Und Erlösung so begingen:
Liebten, kifften, küssten, lachten,
Selig aufeinanderhingen,
Wo wir kleine Kinder machten,
Und sie hießen »Jesuskinder«,
In die Welt gebumst aus Spaß.
Hoffentlich sagt nun ein Blinder:
Aber ja – genau so war's!

DAS ENDGÜLTIGE GESCHENKABO

Weihnacht: Fest der Barbareien,
Auftragsmorde und Intrigen,
Weihnacht sollst du Scheiße schreien
Und die Schweinegrippe kriegen,
Weihnacht sollst du ziellos laufen
Einsam durch die Welt und stumm,
Dich mit grünem Tee besaufen
Oder besser weißem Rum,
Weihnacht sollst du Spinnen quälen
Oder Katzen und so Sachen,
Kindern Gruselzeugs erzählen –

Oder glücklich lachen machen
Einen Mensch, an dem du hängst
Und ihm drum das Schönste schängst,
Das es gibt auf dieser Welt:
»Hier, kuck, ein Titanic-Geschenkabo für ›nur‹ 48,00 Geld!«
Wahrlich, solches sollst du tun,
Bald, noch heute, möglichst nun.

WEIHNACHTSFRÜHSTÜCK
ODER
EINE OFFENE KONJUGATION ANS JUGENDAMT

Personen: Vater, Mutter, *drei Kinder*

Ich gähne, du gähnst, er/sie/es sagt:
»*Wir spielen?*« – »Ihr schlafen.« – Sie brummen.
Ich reck mich, du reckst dich, er/sie/es fragt:
»*Wir trommeln?*« – »Ihr schweigen.« – Sie stummen.

Ich döse, du döst, er/sie/es guckt:
»*Wir kommen?*« – »Ihr bleiben.« – Sie kommen.
Ich hole Wein, du holst Wein, er/sie/es schluckt:
»*Ihr trinken?!*« – »Ihr auch.« – Sie benommen.

Ich liege, du liegst, er/sie/es hört Harfen.
»*W-wir schl... schl...*« – »Ihr Lieben.« – Sie schlafen.

DIE BESCHERUNG

Mutter kriegt zwei Kinderbücher,
Oma kriegt ein Auspuffrohr
Und das Kind vier Küchentücher;
Vater Klunker für das Ohr.

Und sie brüllen nicht hurra,
Denn sie brüllen: »Ey, das ist
Dein Geschenk vom letzten Jahr!
Was soll *ich* mit diesem Mist?!«

Und sie toben und sie hassen,
Aber dann ruft Mutter aus:
»Nächstes Jahr könnt's wieder passen!«
Frieden kehrt zurück ins Haus.

DER BLÖDE SOHN

Papa?
Ja, mein Kind?

Wenn ihr nach dem Weihnachtsgänschen
Stumm vertilgt beim Kaffeekränzchen
Kekse, Christstolln und Pralinen;

Wenn ihr dann mit fetten Pfötchen
Abends Chips und Schinkenbrötchen
Schaufelt wie die Fressmaschinen:

Wohin, bitte, stopft ihr Stoffeln
Nachts die Marzipankartoffeln?

Klatschklatsch!

ALS JESUS NOCH KLEIN UND DUMM WAR

Mutter Gottes?
Ja, mein Kind?

Wenn ich auch die Blinden sehend,
Tauben hörend, Lahmen gehend
Mache und aus Wasser Wein;

Wenn mir Mama auch erzählte,
Ich sei halt der Auserwählte,
Will ich doch ein andrer sein:

Lässt du mich auf Gottes Erden
Bitte Bauamtsleiter werden?

Jetzt hör' mir mal ganz genau zu …

DER EMPFINDSAME SOHN

Papa?
Ja, mein Kind?

Wenn du rund ums Fest der Liebe
Mama einmal keine Hiebe
Auf den Kopf gäbst: Könnt' das schaden?

Wenn ihr zwei euch mal vertrüget,
Statt dass ihr euch schwer belüget
Und verhaut nach Strich und Faden

Und verwemst und … – sag geschwind:
Wär es möglich, Gotteskind?

Kannst gerne auch 'n paar haben!

GROSSES WEIHNACHTSABITUR (1)

Das Kind, der Stall, das Sternenlicht:
Wir kennen die Geschichte.
Um Weihnacht geht's auch im Gedicht,
Pardon: in dem Gedichte.

Es ist ein Weihnachtsrätselstück.
Gesucht wird ein, na: Wesen.
Wer's findet, kriegt mit etwas Glück
Ein gutes Buch zu lesen!

Zwar sag ich, wann wo wie ES ist,
Doch freilich nicht Zuvieles,
Und nutz' auch manche krumme List
Im Zug des Rätselspieles.

Wer also ist's? Wer ist gemeint,
Wer der die das Gesuchte?
Ist alles so, wie es erscheint?
O Unklarheit, verfluchte!

Zwei Beine hat ES jedenfalls;
Ob mehr, wird nicht verraten.
Sein Kopf sitzt fest auf seinem Hals
(Wie bei recht vielen Arten).

Auch hat ES mehr als nur ein Ohr.
So kann es Gott gut hören.
Im Evangelium kommt es vor?
Darauf mag ich nicht schwören …

Das Volk jedoch erzählt von ihm
Seit je und seinem Dasein
Zu jener Zeit in Bethlehem!
So wird's vermutlich wahr sein.

ES ist nicht klein. Fällt's also um,
Und du liegst untendrunter,
Dann fühlst du dich so rundherum
Wohl mehr malade als munter.

ES ist kein Römer. Ist es Christ?
Der Heiland würd's begrüßen.
Ich weiß nicht, ob ES gläubig ist,
Doch liegt ES ihm zu Füßen.

So sieht man ES auf manchem Bild.
Die's kennen, hört man munkeln,
ES sei geruhsam mehr als wild.
Sein Name bleibt im Dunkeln.

Und doch ist ES recht relevant,
Denn ruckzuck schlägt sein Stündlein:
So früh wie ES sieht kaum jemand
Das neugeborne Kindlein!

ES sieht's noch vor den Königen;
Da mag's nicht viele geben!
Zählt's gar zu jenen wenigen,
Die – die Geburt erleben?

Falls ja: Ob ES dann auch versteht
Mit seinem Haupt und Hirne,
Was just vor ihm da vor sich geht?
Wie hell ist seine Birne?

Sie … blendet nicht. – Kennt ihr die Stadt
Am Rhein mit Namen Wesel?
Was das nun hier zu suchen hat?:
ES reimt sich nicht auf Esel.

Doch denkt auch ES nur ungern schnell.
Und seine Haut ist weder
Sehr weich und dünn, noch grau sein Fell. –
Ich hoff', nun kennt ES jeder.

GROSSES WEIHNACHTSABITUR (2)

Für Christen ist auch er ein Held
Fast ohne Fehl und Sünden.
Er kam mit Jesus auf die Welt
Und half, ihn zu verkünden.

Bei ihrem ersten Treffen dringt
Kein Wort aus beider Munde.
Da ist auch keine Hand, die winkt,
Mit einem Blick im Bunde.

Denn beider Augen sind ganz zu
Wie auch der Mund: verschlossen.
Gleichwohl scheint unser Kind im Nu
Ins Jesuskind verschossen:

Es hüpft vor Freude, sagt die Schrift!
Und ihr, mit euren Ohren,
Hört eines, das die zwei betrifft:
Sie sind noch nicht geboren.

Nur darum reden sie kein Wort,
Um den Kontakt zu knüpfen:
Die Mutter ist ihr Daseinsort.
Nur sie spürt dieses Hüpfen.

Warum es hüpft? Nun, es erkennt
Im andern den Messias.
Den Vater dieses Hüpfers nennt
Die Bibel »Zacharias«.

Die Mutter heißt – Ihr wisst es nicht?
Dann bin ich mal so nett:
Bei Lukas wie auch im Gedicht
Heißt sie Elisabeth.

Und diese Mutter ist verwandt
Mit jener großen andern.
Die musste weit ins Heimatland
Der Hüpfermutter wandern:

Maria ging von Nazareth
Im Lande Galiläa
Zu Fuß bis zur Elisabeth
Ins Land genannt Judäa! –

Ich finde: So, nun reicht es, nich'?
Genug des dunklen Redens!
Wie heißt der kleine Hüpfer, sprich:
Der Sohn Elisabethens?

DAS TEAM STELLT SICH VOR

Gottesmutter

Der Mensch in seinem Brotberuf
Geht Jahr um Jahr kaputter.
Aus göttlichem Erbarmen schuf
Gott den der Gottesmutter.

Die ihn ergreift, lebt hochgeehrt:
Die erste ist gar heilig.
Und weil ihr Sohn bald wiederkehrt,
Ist's mit der zweiten eilig!

Bewerben kann sich jede Frau
Mit Spaß an Lichtempfängnis.
Das Casting macht die Tagesschau,
Bei Schummeln droht Gefängnis.

Christkind

Mit Ochs und Esel in dem Stall
Liegt man in süßem Schlummer
Und träumt ein Lied aus Nachtigall,
Posaun' und Bassgewummer.

Dann stürmen Könige herein!
Laut brüllen Ochs und Schafe!
Laut brüllt man selber: »Muss das sein?!«
Und fordert Todesstrafe.

Dann schläft man weiter frohgemut;
Man ist ja doch kein Böser.
Bereits als Christkind lebt man gut,
Doch besser als Erlöser …

Erlöser

Nach außenhin kriegt er wie du
Mal grad eintausend netto.
Doch hat der Glückspilz und Filou
'nen super Trumpf in petto:

Er braucht kein Geld zum Shoppen nicht.
Wein, Brot, der ganze Plunder:
Kaum spricht er ein Gebetgedicht,
Ist alles da – per Wunder!

Und schluckt er mal zuviel: egal!
Nie hat er einen Kater!
Der Grund? Im Grunde ein Skandal:
Sein Vater ist – *Gott*vater …

Gottvater

Ein Posten rund wie ein Gedicht
Und schön wie Orchideen:
Man deklamiert: »Es werde Licht!«,
Schon kann man alles sehen.

Und auch der Rest ist reine Kür:
Man macht das All, die Erde,
Die Luft, das Meer, das Land und für
Die Kinder Schaukelpferde.

Am Schluss kommt noch St. Martin dran,
Die Flora und die Fauna,
Knecht Ruprecht und der Weihnachtsmann.
Dann darf man in die Sauna.

Heiliger Drei König

Drei Stellen sind im Angebot.
Zu tun ist äußerst wenig,
Doch gibt es neben Lohn und Brot
Dreimal den Titel »König«!

Und wem drei Kronen lieber sind,
Der kriegt vielleicht gar alle!
Der geht zu dritt zum Jesuskind
Nach Bethlehem im Stalle

Und ruft dreimal »Gebenedeit!«.
Gesucht wird also eine
Multipele Persönlichkeit,
Die denkt, sie wäre keine.

Esel

Du stehst im Stall mit Gottes Sohn.
Du bockst. Du neigst zur Sprödheit.
Du bist die inkarnierte Fron
Und Inbegriff der Blödheit.

An deinem Hirn steht »Ausverkauf«.
Nachts legst du dich zum Ratzen.
Am Morgen stehst du wieder auf
Und willst vor Blödheit platzen.

Du lachst, wenn du im Staube wühlst,
Und freust dich an Beschwerden.
Wenn du dich angesprochen fühlst,
Dann darfst du Esel werden.

Weihnachtsstern

Der Arbeitsplatz muss hoch hinaus,
Und darum ist er leider
Für Höhenängstliche ein Graus.
Man hängt im Paraglider,

Der wurde golden angemalt
Und kriegte Schweif und Zacken.
Man schwebt, von Lichtern angestrahlt
Wie von der Faust im Nacken,

Am Himmel über Bethlehem
Und lockt so aus der Ferne
Die Dings, die Hirten an – doch wem
Das liegt, der tut es gerne!

Hirte

Man guckt herum, man döst, man raucht,
Mal sitzt man und mal steht man,
Bis irgendwann ein Stern auftaucht,
Der sich bewegt. Dann geht man.

Dann geht man los und sagt dem Hund:
»Du achtest auf die Herde.«
Und folgt dem Stern, läuft Stund um Stund,
Flucht »puh« und zetert »merde!«,

Dann hält das Ding bei einem Stall.
Ruckzuck wird man entlassen
Und läuft mit Blasen überall
Nach Hause. – Nicht zu fassen!

Weihnachtsmann

Ein Traumberuf, der Weihnachtsmann!
Man packt die schwarze Rute aus
Und schnauzt die kleinen Kinder an –
Pardon: Das macht der Nikolaus.

Ein Traumberuf, der Weihnachtsmann!
Auf seines Herzens Rat hin
Zerreißt man seinen Mantel, dann –
Pardon: Das tut Sankt Martin.

Ein Traumberuf, der Weihnachtsmann!
Froh schafft man die Geschenke
Gold, Weihrauch und auch Myhre ran –
Pardon: Das ist die Wencke.

Josef

Maria wird extrem berühmt
Ins Paradies verfrachtet.
Doch Josefs Leid bleibt ungesühnt,
Der Mann stark unbeachtet.

Wo musste sonst ein Vater je
Der Zeugungslust entsagen?
Das blöde »Licht« – ojemine!
Doch nie hört man ihn klagen.

Er ist die stumme Randfigur
Des Neuen Testamentes.
Er sagt fast nichts. Ihn gibt es nur.
Ein jeder Vater kennt es …

EIN LETZTER WEIHNACHTSABEND

Wie der Vater hockt die Mutter
Stumm vor Omas Käsesahne.
Oma buddelt filigrane
Löcher in die Erdnussbutter.
Und so schleicht sich die Verheerung
Leise, wie ein Tiger, an.
Mutter atmet, faucht – und dann
Beißt sie zu: »Jetzt ist Bescherung!«

Vater kugelt durch den Raum,
Licht geht aus, die Oma singt
»Stille Nacht«, was mittel klingt.
Dann erstrahlt der Tannenbaum.
Mutter gibt dem Sohn ein Küsschen:
»Guck, da kommt der Weihnachtsmann.«
Vater schleppt Geschenke an.
Oma mümmelt Ültje-Nüsschen.

Mutter kriegt zwei Jugendbücher,
Oma eine Kombizange,
Vater eine Grauhaarspange
Und der Sohn vier Küchentücher.
Und in weihnachtlichem Glück
Sieht ein jeder: Huch, das war
Mein Geschenk vom letzten Jahr;
Heute gibt's den Scheiß zurück.

Und sie schreien, hauen, stoßen,
Mutter schmeißt mit Entenscheiben,
Oma will den Sohn entleiben,
Vater kippt die Bratensoßen
Brüllend auf die Blutsverwandten,
Und dann geht es andersrum.
Und der Tannenbaum fällt um
Und verscheucht die Wutentbrannten:

Aus der Wohnung, aus dem Hause.
Flammen züngeln in die Nacht,
Und der Sohn denkt: »Gut gemacht.«
Oma mümmelt Tütenbrause.

IV EHRENRUNDE & DUSCHEN

DER JAHRESWECHSEL

Die Daten sprechen Bände,
Es scheint tatsächlich wahr:
Kaum geht ein Jahr zu Ende,
Beginnt ein neues Jahr.

Das alte geht vorüber
Und just im Augenblick
Des Endes kraftvoll über
Ins neue – welch ein Glück!

Denn echt nicht auszudenken,
Das alte wär zu schwach.
Dann gäb's nix einzuschänken
Und kein Silvester, ach.

BLEIGIESSEN

Papa?
Ja, mein Kind?

Was stinkt hier so?
Ich schmelze Blei!
Komm näher, Kind! Ah, klasse!
Es ätzt.
Es fegt die Nase frei!
Sei vorsich …
Ab ins Nasse! –

Ein Rosenkohl, ein – Tisch?
Ein Hund?
Ein Baum!
Och, Papa, sei nicht …
Schon hart wie Stein.
Nicht in den Mund!
Schmeckt irgendwie …
Nach Blei, nicht?

O zauberischer Sinngehalt!
O magische Beschriftung.
Was werd ich? Krieg ich? Hab ich bald?
Ich weiß.
Sag!
Bleivergiftung.

AUCH WIEDER WAHR

Wenn's nach dem Herbstwind einmal anders käme,
Und grünte es, wie man's vom Märzen kennt;
Wenn also Winter eine Auszeit nähme
Für jene Wunder, die man Knospen nennt,
Und Beete leuchteten zum Weihnachtsfeste ,
Und Rosen blühten wie im Mai so pracht;

Wenn fröhliche Silvesterpartygäste
In Hemden tanzten durch die erste Nacht
Des neuen Jahrs, das sich im Warmen wiegte,
Und erst im Juni fiele all das Weiß
Aus jener Kälte, die das Grün besiegte,
Wär's andersrum haarscharf derselbe Scheiß.

DAS NEUE JAHR

Wie schnell die Welt sich weiterdreht,
Wie volle Kraft ins Messer!
Und wenn es vorne abwärts geht,
Dann ist es hinten besser.

Das Kommende riecht nicht nach Glück,
So sollten wir's uns schenken.
Kommt, drehen wir die Uhr zurück!
Zeit, endlich umzuschwenken:

Nach dorthin, wo es besser war.
Zweitausendeins? Fünf? Sieben?
Kommt, pfeifen wir aufs neue Jahr,
Dann ist es bald vertrieben.

BILDEN SIE
NOCH HALTLOSERE REIME MIT

Offenbach:

Der Apostel Paulus lachte,
Als sich Gott ihm offenbachte.

Göttingen:

Von Gott hab ich genug gesehn,
Werd' besser mal zur Göttingen.

WAS ICH MIR WÜNSCHE

Wieder ging ein Jahr vorbei,
Nein: es ist vorbeigeflogen.
Und so blieb's bei allerlei
Alten Lasten und auch Sorgen.

Doch wir woll'n nicht länger warten
Auf die neuen Wundergaben,
Nur weil Meister aller Sparten
Wieder nix erfunden haben.

Also los, ihr Cheferfinder,
Und kommt endlich aus den Betten!
Es gibt manches, was die Kinder
Gottes dieses Jahr gern hätten.

Eins vor allem braucht das Land:
Frauen, die Poeten ehren;
Die den Dichtern aus der Hand
Fressen und ihn sehr begehren.

Zweitens eine biomüll-
Taugliche Konservendose,
Dann ein neues Liebesspiel
Und 'ne lange Unterhose,
Die nicht rutscht und kratzt und juckt.
Fünftens einen Automaten,
Der den Freunden böser Taten
Täglich in die Suppe spuckt.

Und ich fordere, dass Pfunde
Sich in Zukunft selbst entschlacken.
Überfällig sind auch Hunde,
Die nicht auf die Gehweg kacken.

Und was gegen Quasselköpfe
Im TV, o große Not,
Ein Verbot der Tuppertöpfe
Und ein Mittel gegen Tod.

DIE OSTEREIERSUCHE

Erst kippt man ein Gemisch aus Ei
Und Schokokram in' Garten,
Dann lässt man seine Kinder frei.
Der Rest des Tags ist Warten.

Im Morgenmantel. Es ist nass.
Schnee liegt auf klirren Linden.
Den Kindern macht die Suche Spaß.
Und nicht so sehr das Finden.

Gen Mittag sterben Füße ab,
Am Abend Bauch und Ohren.
Die Mutter überlebt es knapp.
Der Vater ist erfroren.

OSTERSPAZIERGANG

Oh, der Feste schönsten eines
Ward uns Osterfest geheißen.
Seht die Mütter, die ihr Kleines
Zart am kleinen Öhrchen reißen:

»Ei! Hinein in Hemd und Schuhe!
Heute geht's durch Feld und Wald!«
»Mama, aua!« – »Schluss jetzt! Ruhe!
Papa wartet! Wird es bald?!«

Ostern heißt: im Kreis der Lieben
Waldeslust spazierenführen –
Sinnend neben grünen Trieben,
Stehen sie … Ganz Horchen … Spüren …
Lauschend unter Himmelsbäumen,
Deren Kronen, lichtdurchflutet,
Andachtsvoll in stillen Räumen
Träumen, bis das Handy tutet:

»Klingeling!« O Weltgezeter!
Zicklein scheut und sucht das Weite.
»Ja, hier Lück! Ach du bist's, Peter!«
Und schon dingelt auch das zweite:

»Ringelring!« Hell fiepst die Mutter:
»Hier ist Hertha! Wer ist da?«
Tochter nagt am Jackenfutter –
Dann wird's ruhig. So wie's war:

Lauer Wind, verziert mit linden
Düften, streichelt Haut und Nase;
Funkelnd auf den feuchten Rinden
Schlafen Käfer … Da … Ein Hase …
… In der Sonnenlichtung Grün
Dämmert er mit weißem Steiße.
Sieht's die Tochter! Fliegt sie hin!
Fällt! … Und fällt in Hundescheiße.

Mutter ächzt. Doch Vater schauet.
Schauet froh und engelstumm,
Wie ein Fink ein Nestlein bauet …
Dann … Rennt ihn ein Jogger um.

Ach, er trug die Ostereier.
Die Familje weint. Doch seht:
Seht, sie halten Osterfeier,
Als ihr Vater aufersteht.

DER HEILIGE GEIST

Den Kreis des Osterfestes schließt
Ein Wunder namens Pfingsten,
Allwo sich Gottes Geist ergießt
Auf uns als die Geringsten.

Denn siehe, wir sind falsch gebor'n,
Der Göttlichkeit entraten.
Der Mensch als solcher ist verlor'n,
Und schlecht sind seine Taten.

Drum fuhr vor Zeiten Gottes Geist
In die Apostel – ehrlich!
Seit diesem Tage, wie du weißt,
Geschieht dies praktisch jährlich.

Seit diesem Tag erhältst auch du
Den Geist, dich fromm zu läutern.
Ich ziehe vor und geb es zu:
Den Geist aus Obst und Kräutern.

Den Geist aus Schlehen, roter Beer,
Den Geist aus vollsten Weinen,
Auch der ergießt von droben her
Sich tief in uns, die Seinen.

O Himbeergeist, o heilger du,
O Licht im Jammertale!
Mach' ich dich auf, machst du mich zu!
O Duo infernale!

Zwar vielgestaltig ist der Geist,
Und jeder soll uns frommen.
Doch Achtung: Grade Himbeergeist
Macht wunderbar benommen!

Und die Moral: Gesünder ist
Der Geist von Gott, dem Vater.
Die anderen, dank Gottes List,
Sie enden stets im Kater.

WIE DAS CHRISTENTUM EINMAL UMS HAAR GESCHEITERT WÄRE

Personen:
Maria (ca. 35 Jahre), Josef (ca. 40), Jesus (ca. 14)

JESUS: Mutter, 'n paar Kumpel sagen,
Dass ich voll »der Heiland« bin.
Soll ich sie zusammenschlagen?

JOSEF: Sohn, du hältst die Wange hin!

MARIA: Siehe, auch durchs Wort ins Blaue
Bricht Wahrhaftiges sich Bahn.
Denn es stimmt: DU BIST …

JESUS: Ich haue
Sie zu Brei! Wie – Dschingis Khan!

MARIA: Wer? Äh, nein! Es steht geschrieben …

JESUS: Alte, Bücher sind voll out!

JOSEF: Kind! Du wirst die Menschheit lieben!

JESUS: Diese Spackos?!

MARIA: Nicht so laut!
Gott hat dich der Welt gegeben,
Sie vom Tod zu …

JESUS: Allerliebst.
Ey, Maria, chill dein Leben!
Keimig, welchen Film du schiebst.
Gott ist old scool.

JOSEF: Hä?

JESUS: So isses.

MARIA: Kind, was trinkst du da?

JESUS: Zwei Bier.

MARIA: DU als Gottes …?! Ach, vergiss es. –
Josef, ist wohl doch von dir …

JOSEF: Ist er nicht! Denn ohne Flecken
Gibt's die irdische Empfäng …

JESUS: Abgespaced. Doch ich will snacken,
Komasaufen, mit der Gang
Aufgepimpt die Asos keulen …

MARIA: Josef! Ich versteh den nicht!

JOSEF: Blöde Kuh, hör auf zu heulen!

MARIA: Selber blöd, du Pupsgesicht!

JOSEF: Pupsgesicht?! Du bist voll schizo,
Echt, ich krieg total den Hass!

MARIA: Leck mich doch am …

JESUS: Schweigt! Denn itzo
Sag ich: Haha, war nur Spaß!
Ich bin der Messias, woll!

MARIA: *(erleichtert):* Mach so was nie wieder!

JOSEF: Lol!

(Alle drei umarmen sich.)

– ENDE –

FRONLEICHNAM

Fronleichnam heißt »der Leib des Herrn«.
Die Hostie, in der er wohnt,
Wird von den Christen nah und fern
Mit einer Prozession belohnt.

Zum Tragen kommen Farbenpracht
Und Blumen auf den Wegen.
Froh zieh'n Kamele feingemacht
Dem Paradeis entgegen.

Soviel, ihr Säufer, dadezu.
Nun holt euch was und geht zur Ruh'.

HIMMELFAHRT

Papa?
Ja, mein Kind?

Wenn vor zweimal tausend Jahren
Christ zum Himmel aufgefahren,
Hoch zu unsrem Herrn Gottvater;

Wenn die Väter in den Schenken
Jener Fahrt so tief gedenken,
Dass am nächsten Tag ihr Kater

Hoch zu Gottes Himmel schreit:
Ist denn das noch Christenheit?

Nicht so laut … aua …

VORLETZTE WORTE

Der Himmel soll willkommen sein,
Wenn einst mein frohes Leben endet
Und Erdenglück und -lust er wendet
Zu ewgem Leiden, ewger Pein.

MÜDES NACHTGEBET

Lieber Gott im Himmel du,
Dieses, na nu' sag schon … Hungern
Warum lässt du Hungern zu
Und das Vor-den-Theken-Lungern …

Und die Böller da, die Kriege …
Und das Handwerkergebohre
Während ich bis elfzwölf liege …
Und die Dings, die Abseitstore –

Was mir einfällt, sag den Dieben
Tschuldigung, ich muss mal ahh …
Gähnen, warnwer stehngeblieben:
Russland? Nee … – Amerika …

Nieselregen, kalte Winde
Echt, du ahnst nich', wieviel Sorgen
Sei ein Gott und unterbinde
Kyrie, mach's gut
Bis morgen

Inhaltsverzeichnis

Hinweis

Das Buch versammelt meine in Jahrzehnten harter Arbeit entstandenen Reimgedichte zu Gott, Glauben, Unglauben, Teufel, Tannenbaum, Nikolaus, Weihnachten und artverwandten Terminen. Etwa ein Fünftel der Gedichte wurden erstveröffentlicht in meinem Buch »Achtung, Achtung, hier spricht der Weihnachtsmann« (carl's books 2014).

Fürs staatliche Bildungsradio geschrieben und darum tonal vergleichsweise konventionell sind die Gedichte *Am 24. Juni: Weihnachtsbergfest, Allerheiligen, Zum ersten Advent, Zum zweiten Advent, Zum dritten Advent, Zum vierten Advent, Großes Weihnachtsabitur (1), Großes Weihnachtsabitur (2), Was ich mir wünsche, Osterspaziergang & Der Heilige Geist.*

THOMAS GSELLA
geboren 1958, viele Jahre Redakteur und 2005 bis 2008 Chefredakteur der »Titanic«, lebt in Aschaffenburg, wo er Gedichte und Prosa für Zeitungen, Rundfunk, Bücher und Fernsehen schreibt; seit 2013 eine Lyrikkolumne im »Stern«, seit 2016 im Schweizer »Magazin« und seit 2017 Fußballgedichte auf »Spiegel Online«; mit Heribert Lenz und Jürgen Roth Autor des Weiterbildungsklassikers »So werde ich Heribert Faßbender. Grund- und Aufbauwortschatz Fußballreportage«; Preise: »Cuxhavener Joachim-Ringelnatz-Nachwuchspreis für Lyrik 2004«, 2011 »Robert-Gernhardt-Preis« & 2014 ein Jahresstipendium des Deutschen Literaturfonds.

Im Haffmans Verlag bei Zweitausendeins erschien:
Generation Reim, 2004 & *Lustgedichte*, 2018, mit Bildern von Rudi Hurzlmeier.

RUDI HURZLMEIER
zeichnet und pinselt seit nunmehr gut 30 Jahren komische Bilder. Zuvor wurde er am 13. November 1952 im niederbayerischen Kloster Mallendorf geboren und lebt seit 1957 meistens in München; er ist seit 1985 ständiger Mitarbeiter des Satiremagazins »Titanic«; seine Werke erscheinen in der »Süddeutschen Zeitung«, in »Spiegel online«, im »Raben-Kalender« und liegen in zahlreichen Buchveröffentlichungen vor. Rudi Hurzlmeier wurde zweimal mit dem Deutschen Karikaturenpreis ausgezeichnet und erhielt 2015 den Göttinger Elch.

Im Haffmans Verlag bei Zweitausendeins sind erschienen:
Evergrins, 2013 – *Rosinen des Gesamtwerks*, 2015
& mit Versen von Harry Rowohlt: *Happy Birds-Day*, 2004 – *Wahre Engel und andere Geister der Weihnacht*, 2005 – *Ich wollt, ich wär dein Hund*, 2006 – *Miez Miez*, 2007 – *Hipphopp*, 2008 – *Lord Brummel*, 2009 – *Viel Schwein!!!*, 2011 – *Jedem Tierchen sein Pläsierchen*, 2012 – *Monkiss*, 2015
& mit Versen von Thomas Gsella *Lustgedichte*, 2018
& mit Bildern in: Eugen Egner, *Als der Weihnachtsmann eine Frau war*, 2005 – Klaus Bittermann, *Der Aufstand der Kuscheltiere*, 2007.

Märchen & Geschichten · Gedanken & Gedichte

IN SCHÖNER HANDLICHER GESTALT

CHARLES BAUDELAIRE
Die Blumen des Bösen. Nachdichtung von Stefan George

WILHELM BUSCH
Die Gedichte. Mit einem Nachwort
»Ein deutscher Klassiker des Humors«

GIACOMO CASANOVA
Was ist die Liebe? Präsentiert und mit einer
frivolen Weltgeschichte versehen von Charles Lewinsky

JOHANN WOLFGANG GOETHE
Die Liebesgedichte. Mit den »Frauen in Goethes Leben« & Register

BRÜDER GRIMM
Kinder- & Hausmärchen. Kleine Ausgabe.
Mit einem Nachwort von Peter Rühmkorf

WILHELM HAUFF
Die Märchen. Mit »Hauff's Leben« von Gustav Schwab

E.T.A. HOFFMANN
Lebensansichten des Katers Murr. Buchschmuck
& Lithographien von Maximilian Liebenwein
Nußknacker und Mausekönig. Ein Weihnachtsmärchen.
Buchschmuck & Farbtafeln von P. C. Geißler

»Ein besonderes Verhältnis ist das Fouqués zu dem sehr großen ETA Hoffmann (und ich bin gern bereit zuzugestehen, daß Hoffmann der Bedeutendste von Beiden, und mir auch der nähere ist); denn kaum hat Hoffmann die *Undine* kennen gelernt, da empfindet er mit dem untrüglichen Spürsinn des Genius für seinesgleichen, – ähnlich wie Poe es für Fouqué bewiesen hat – daß dieses Märchen ein grandioser Opernstoff sein müsse.

Die Proben zur Oper bringen Beide enger zusammen, und es ist ein bemerkenswertes Zeichen der verflochtenen Wechselbeziehung, wenn Hoffmann zu Weihnachten den Kindern des dritten Freundes, Hitzig, die Burg Ringstetten kunstvoll aufbaut : lesen Sie die wunderbare Beschreibung in *Nußknacker und Mausekönig.«*
(Arno Schmidt, »FOUQUÉ und einige seiner Zeitgenossen«)

Das Fräulein von Scuderie. Eine Kriminalnovelle aus dem Zeitalter Ludwigs XIV. Mit Zeichnungen von Paul Gavarni
Klein Zaches, genannt Zinnober. Ein Märchen. Mit farbigen Lithographien von Hans Stubenrauch
Der Sandmann. Ein Nachtstück. Mit Zeichnungen von Robert Stuhlmann & einer Deutung von Sigmund Freud
Die Folge eines Sauschwanzes. Ein Schwank. In: »Die komischen deutschen Erzähler«

GOTTFRIED KELLER
Spiegel, das Kätzchen. Buchschmuck & Lithographien von Maximilian Liebenwein

EDUARD MÖRIKE
Mozart auf der Reise nach Prag.
Mit einem Bericht von Theodor Storm über seinen Besuch bei Mörike. Buchschmuck & Lithographien von Fritzi Löw

CHRISTIAN MORGENSTERN
Die Galgenlieder. Mit drei Briefen des Dichters

JOHANN KARL AUGUST MUSÄUS
Die Legenden von Rübezahl. Mit einer Rübezahlsgeschichte von Friedrich Baron de la Motte Fouqué

SAMUEL PEPYS
... und die Frauen. Ein galantes Verführer-Brevier präsentiert von Fritz & Katinka van Eycken

JOSEPH ROTH
Die Legende vom heiligen Trinker.
Mit einer Liebeserklärung von Ludwig Marcuse

ARTHUR SCHOPENHAUER
Aphorismen zur Lebensweisheit. Anweisungen zu einem weniger unglücklichen Leben.
Mit einem Nachwort »Ein Philosoph als Weltmann«

LUDWIG THOMA
Die Gedichte. Alle aus dem »Simplicissimus«

KURT TUCHOLSKY
Tucholsky für Verliebte. Eine Trilogie

OSCAR WILDE
Die Märchen. Darunter »Die eingebildete Feuerwerksrakete«
Die Erzählungen. Darunter »Das Gespenst der Cantervilles«

✧

Anthologien von attischer Anmut

IN UMFASSENDER GESTALT

Die komischen Deutschen · Die liebenden Deutschen
beide hrsg. von Steffen Jacobs

Die feiernden Deutschen · Kleiner Atheismus-Katechismus
Die komischen deutschen Erzähler
alle hrsg. von Gerd Haffmans

Das neue endgültige Zynische Wörterbuch
hrsg. von Jörg Drews & Co.

✧

Gedichte & Prosa

IN SCHÖNER STATTLICHER GESTALT

PHILIP K. DICK
Sämtliche 118 SciFi-Geschichten in 5 Bänden nebst 1 Companion

GUSTAVE FLAUBERT
Madame Bovary · Salambo · Die Erziehung der Gefühle
Drei Erzählungen · Der Briefwechsel mit den Brüdern Goncourt

EDMOND & JULES DE GONCOURT
Das Journal. Erinnerungen aus dem literarischen Leben
1851 - 1896 in 11 Bänden nebst einem Beibuch

BRÜDER GRIMM
Kinder- & Hausmärchen. Ganz Große Ausgabe in 3 Bänden.
Hrsg. von Axel Winzer

JORIS-KARL HUYSMANS
Wider die Natur. Der Roman der Dekadenz

FRANZ KAFKA
Der Prozess. Mit den Tagebuchaufzeichnungen zur Entstehung.
Kafka-Comic von Robert Crumb

ELSE LASKER-SCHÜLER
Die Gedichte & Essays

ROBERT MUSIL
Die Erzählungen & Kleine Prosa

SAMUEL PEPYS
Die Tagebücher 1660 – 1669 in 6 Bänden
nebst einem Beiheft

SAKI
Weihnachtliche Lustbarkeit. Festtags-Geschichten

WILHELMINE SCHRÖDER-DEVRIENT
Aus dem Tagebuch der Mademoiselle S...
oder Die Memoiren einer Sängerin

OSCAR WILDE
Das Bild des Dorian Gray. Sein einziger Roman

✧

Gedichte & Prosa

IN GANZ SCHÖN GROSSER GESTALT

GEORG BÜCHNER
Werke & Briefe

HEINRICH HEINE
Das poetische Werk

RAINER MARIA RILKE
Das dichterische Werk

JOCHIM RINGELNATZ
Die Gedichte

KURT TUCHOLSKY
Die Gedichte

"WALTER"
Mein geheimes Leben

OSCAR WILDE
Werke